LOCUS

LOCUS

LOCUS

LOCUS

catch

catch your eyes ：catch your heart ：catch your mind……

關於孤獨，你知道的⋯

"What U Know About Being Alone⋯"

"Alles über Alleinsein⋯"

"Sur Solitude⋯"

→饒紫琴/著

→Violette Rao

catch 32

關於孤獨，你知道的...

"What U Know About Being Alone…"

"Alles über Alleinsein…"

"Sur Solitude…"

作者：饒紫琴 (Violette Roa)

責任編輯：韓秀玫

美術編輯：何萍萍

法律顧問：全理法律事務所董安丹律師

出版者：大塊文化出版股份有限公司

台北市105南京東路四段25號11樓

讀者服務專線：0800-006689

TEL：(02) 8712 3898　FAX：(02) 8712 3897

郵撥帳號：18955675　戶名：大塊文化出版股份有限公司

e-mail:locus@locuspublishing.com

www.locuspublishing.com

總經銷：北城圖書有限公司　地址：台北縣三重市大智路139號

TEL：(02) 2981 8089 (代表號)　FAX：(02) 2988 3028　2981 3049

製版：源耕印刷事業有限公司

初版一刷：2001年 5 月

定價：新台幣 160元

ISBN 957-0316-67-5

Printed in Taiwan

前言

之前寫作和我的關係並不是這樣。它完全是一種救贖和排洩。

九五年開始不斷旅行的日子，韓國越南泰國寮國印尼香港奧地利捷克匈牙利德國羅馬尼亞亞美尼亞義大利英國蘇格蘭紐約洛杉磯墨西哥比利時……長久住在異國，導致內在的自我對話呈現有史以來最激烈的狀態，那種逼迫，讓我不得不用最本能最原始的圖騰反芻。

於是有了這些四格的東西。她們大多選自一九九八至二〇〇〇年，那時倫敦超酷超國際的氛圍讓我在表面上輕鬆一些，是以相較於我之前的作品，她們顯得恬淡許多。

啊！倫敦……

那混pub、上課、當waitress畫畫的日子……

海德公園每日的黃昏散步　永遠擠滿觀光客的Picadilly Circus　South Ken.的法國café和古董拍賣場　Harvey Nichols五樓的國際食品區　Harrod's地下室的chess永遠混著尿騷味舊啤酒三輪車加長禮車Sex Shop的Soho　Portebello的露天市場

二手貨　Fortnum & Mason的英國茶　Marble Arch 的中東菜　除了英國菜其
他菜都好吃的印度泰國緬甸寮國非洲南美歐洲菜　Knights bridge的雪茄紳士　踩
高跟鞋穿禮服端酒杯大談皇室小道消息的夜宴　做催眠治療的星期三下午　學生
公寓草坪上的烏托邦會談　亞非學院煙霧瀰漫的投幣式點歌機　傳單打彈子　已
然非法的露天rave　new age身心靈嘉年華會　pub每晚11點鐘的last call
disco門外的寒凍排隊　地鐵司機的"Mind The Gap" "Don't Be Afraid" "Be Very
Afraid…"　雙層巴士亂丟垃圾的年輕人　地下道悲情的樂手　每週必買的
Time Out　彼德潘式孩子氣的三八英國幽默　全世界最聰明的廣告　精采的BBC
Channel4主題夜和深夜短片　平緩無丘無陽光的大倫敦健行路線　私人俱樂部
的四方黑色皮沙發　極簡陳設無酒精飲料smartly dressed的三十至四十歲中產階
級和小几上的漂亮乾淨家具園藝服飾泛art雜誌　老黑計程車的香檳魚子醬＋嘔吐
世界盃足球賽的bar Italia和滿街按喇叭慶功的法國佬　劇場café的客人剛剛才在隔
壁看完peep show　無數屌DJ的Blue Note　深愛的數個gallery和opera電影院
倒退檔壞掉的福斯小兔子　以及陪我度過無數眼淚的深夜的紫色腳踏車………

兩格的東西取材自更早在法國唸書的青澀年華。首次的異鄉經驗、首次的文化震撼，也是對情愛無常人聲光景的初體悟。

曾經和一個男孩坐在一張破沙發上看National Geographic，整晚沒說話，就只吸捲煙、喝啤酒和傻盯著螢幕的色彩和鏡頭看：一種專注到極致、放鬆到極致的至上的幸福，有人陪在你身邊，但不打擾你。非常身體非常動人非常感官。（heaven!）

有一陣子，非常靜心的時候，一個時間只能做一件事：吃就只能吃；走就只能走；坐車就只能坐著；聽就只能聽；不像現在可以邊做稿邊聽音樂還吸煙喝水。就在那時候才發現（在看Discovery，嘿。）可以完全了解動物，覓食、睡覺、遊玩……

才發現，這才是我要過的日子！是的，我要這樣過！

玩著過！

是的，我要用我的本能來過日子，用我從小就塗鴉寫字玩耍的手，用我從小就有的好奇心勇敢開放熱情來過日子，來開花！

所以我不斷地走，不斷地給予，不斷地連結，不斷地愛，不斷地學……

所以我畫，我寫。

我願成為一個純潔的人

我願成為森林裡的
一棵樹

我願能不用力準備

就可以為你展現美麗

夏天剛結束。
唯烈在D城的法文課已經開始了。

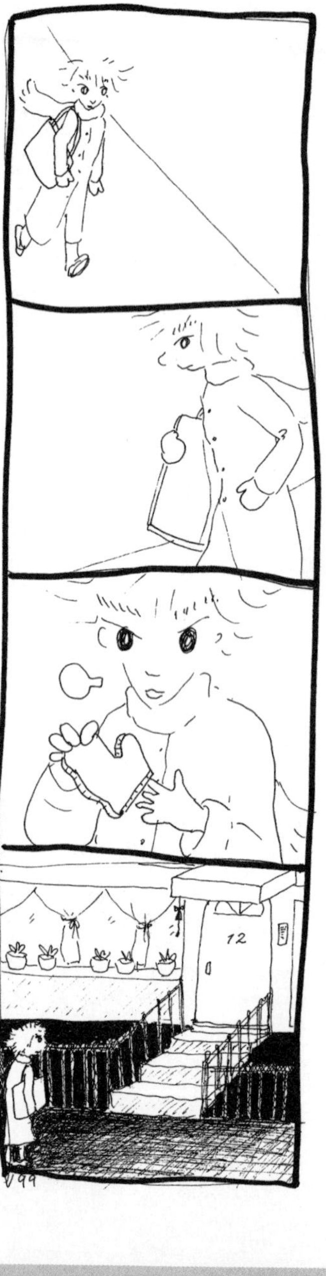

像花瓣外的蝴蝶渴蜜

像地下道的醉漢拒絕垂憐

像健身房的教練
不能停止流汗

我站在你的門前

是在離城很遠的一片南瓜田遇見他的。

火車來了

我們的祕密啓程

和你共度的
6小時18分鐘

只為了變成日記中美麗
的一頁

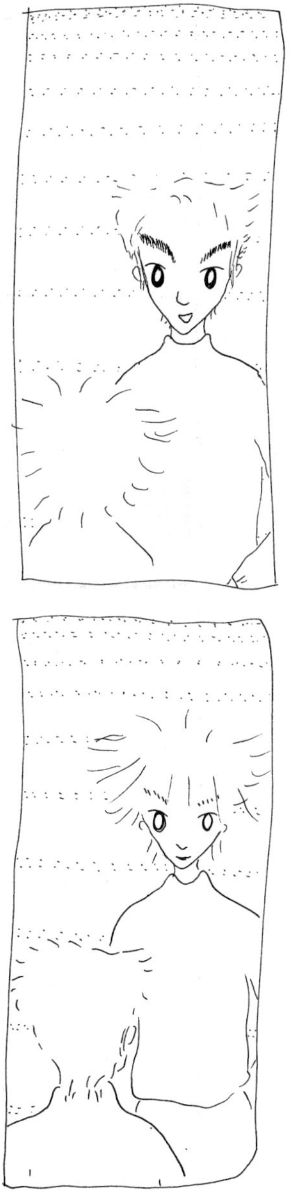

「日安，您也來散步嗎？」一個藍色的影子說。

「對，您也是嗎？」還不太習慣使用法文尊稱的唯烈，差點說成「你」，雖然這人明顯地和她差不多年紀。

我曾私自將你想成是我的

可是一個人怎麼可能
屬於另一個人？

就像你孤獨過日子的
樣子吸引著我

而我卻不能拿走你的
孤獨一樣

眼前的男生很高，一頭淺栗色頭髮，一雙淺藍色眼睛。深藍色手織毛衣，軟質舊棉褲，一雙鞋沾了些泥。

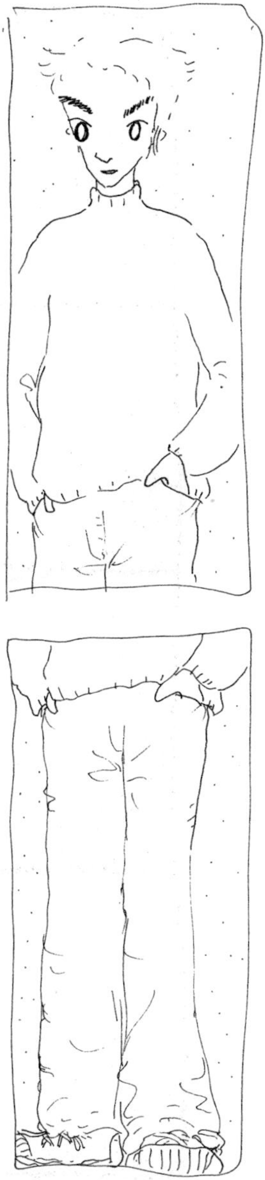

我不明白

為什麼當英雄是每
個小男孩的夢？

我也不明白

為什麼被保護是每個
小女孩的夢？

「您是城裡大學法文班的學生嗎？」淺藍色眼睛說。

「你怎麼知道？」天哪，又說錯了。

「對不起！我應該說『您』……」真失禮，她想。我這個初來歐洲的台灣人！

「沒關係，我們就用『你』互稱吧。」藍眼睛因為笑的緣故此刻變成一條線。

「我也常說錯。」

要做自己的確很難

因為從來沒有「自己」
這回事

你只是由眾多的你構成

眾多的尖叫著的不同的你

「你報名口試時排我前面，你和後面的瑞士男生講話，還一邊吃乳酪，對不對？」
「乳酪？」對，唯烈吃了一整大塊，就在附近的露天市場買的。瑞士男生說她應該大口大口啃下去，
這才是正確品嚐乳酪美味的方法。竟然被藍眼睛看去了！

甚至我也有過這樣的念頭

報復。
報復。
報復。
報復。

用刀子
用油
用火
用瓦斯
用棉被
用重物
用車子…

奇怪我想報復的對象
竟然是她不是你

「我叫彼，來自奧地利。你呢？」
「我唯烈，來自台灣。Made in Taiwan的那個台灣。」
「啊！非常有名。」

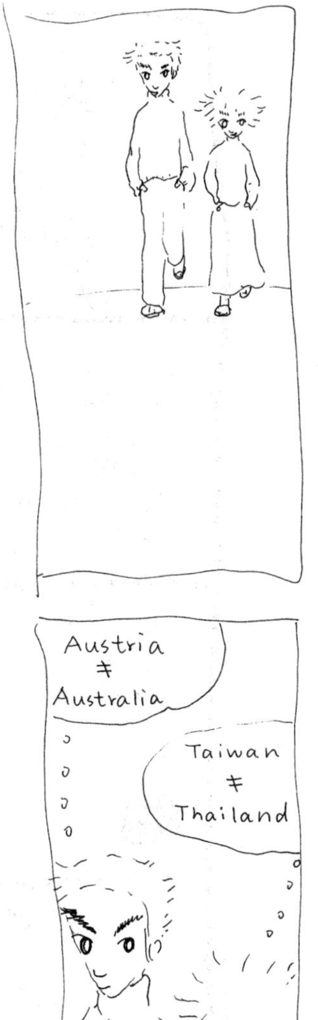

星期天我上街買菜

星期天我去café找朋友

星期天我去運動

星期天我一個人回家

「你們維也納也非常有名啊！莫札特……啊，還有Falco，他的Rock me Amadeus曾經紅極一時！」

唯烈想起那支音樂錄影帶，人們穿著宮廷服飾時而優雅起舞時而放縱狂飲的畫面。那是她心中第一次對維也納人的印象。

「真的嗎？」他害羞地笑了笑，顯然並不太聽流行音樂。

在一家叫「朝陽昇起」
的店

叫了一份荷包蛋當早餐

我和老弱婦孺
失業者
退休人

就這樣展開美好的一天

「你被分到哪一班？」他問。
「中階A班。」
「你呢？」
「高階B班。」
喔……

雙人床

我總是睡太久

醒來時你不在

上床時你已離開

太陽逐漸下山，南瓜田和天邊的交界似乎起了一層淡紫的薄霧。
唯烈和彼邊走邊聊，宿舍已然在望。
該是說再見的時候了。

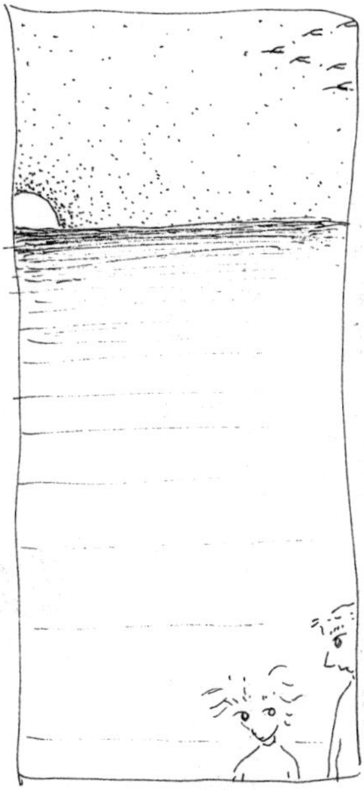

奧地利是乖狗狗的家。
要上課、要繳稅、有保險。
Braf!
DOG'S HOME
Platz!
坐公車地鐵要買半票，
要戴口罩；
狗々們是人們的甜蜜的負擔。
加油！还有三公里！
大胖了要減肥！

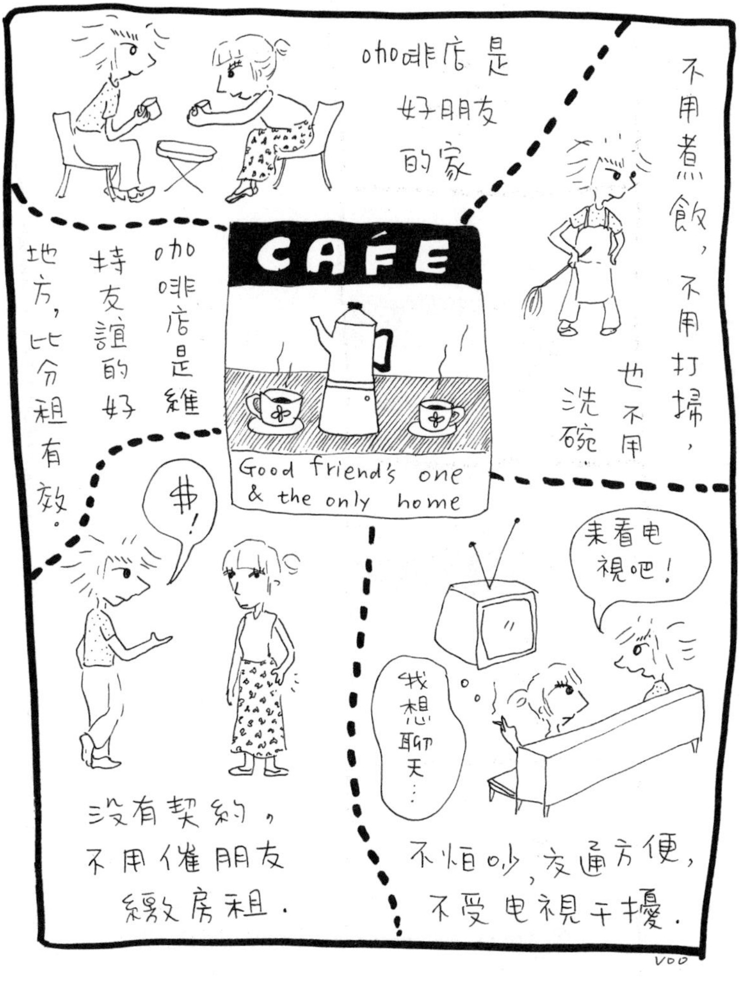

咖啡店是好朋友的家
不用煮飯，不用打掃，也不用洗碗。
咖啡店是維持友誼的好地方，比分租有效。
CAFÉ
Good friend's one & the only home
沒有契約，不用催朋友繳房租。
来看电視吧！
我想聊天⋯
不怕吵，交通方便，不受电視干擾。
voo

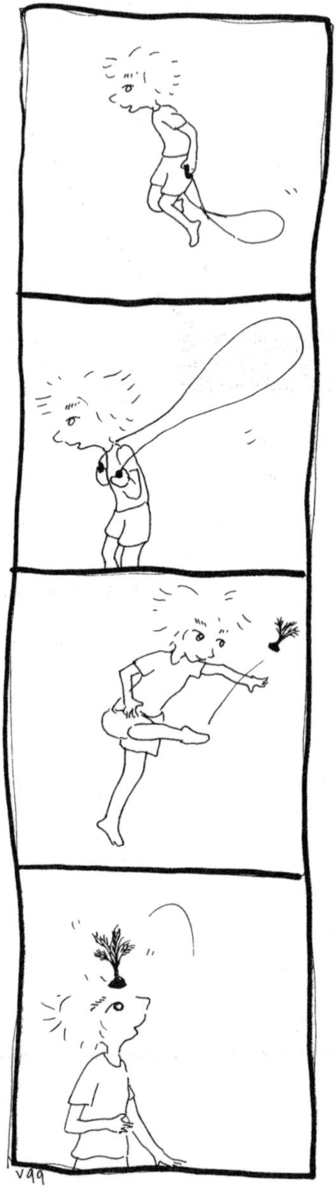

後來我也

買了大哥大
筆記型電腦

後來我也

在公車上等電話
在café裡等信

唯烈覺得這個男生有點與衆不同，在這種時候竟然還到荒郊野外散步！還有他的法語帶有淡淡的德國腔，潤澤中透著沈穩，不像一些法國人講起話來像在用舌頭跳舞。還有，他的用字遣詞也是古典的。還有，他講話的速度很慢，一個字一個字像魚吐出的氣泡，嗯…還有，他還是個很好的聆聽者。

西雅圖的咖啡比維也納
的年輕

但這不是你選擇她的原因

可是我呢？

你甚至沒呼吸過台北的空氣

唯烈洗完澡，坐在書桌前做例行功課——寫日記。可發現今天的日記裡全是這個藍眼睛！

這個藍眼睛……他現在在做什麼？

我將向昨日說再見

那個向我說再見的你
那不顧一切

奔向別人的你
那個穿梭在謊言中的你

那個……

突然斜對面四樓的房間亮了起來。啊，是他！雖然隔著一大片中庭草坪，可她看得清清楚楚，是他！
她慌得從椅子上跳下，衝到窗邊把簾子拉上。她可以看見他？太好了……
她把房裡的燈關了，從簾子外窺視他；他倒在床上…拿了一本書…澆花（啊！他有一盆綠色植物呢）…
他出去…拿著一杯飲料回來…站在洗手台前…他…

超市裡看不見殺雞灌香腸

超市的收銀台教人無端緊張

我永遠搞不清超市的購買方向

有一天走進超市
赫然發現裡頭藏著一個
菜市場

熄了。
燈熄了？真的熄了。
他住幾號房？
這才想起根本忘了問。
唯烈發了一陣呆才遲遲上床。燈沒再亮了。
「晚安，藍眼睛⋯⋯」
希望能很快再見你。

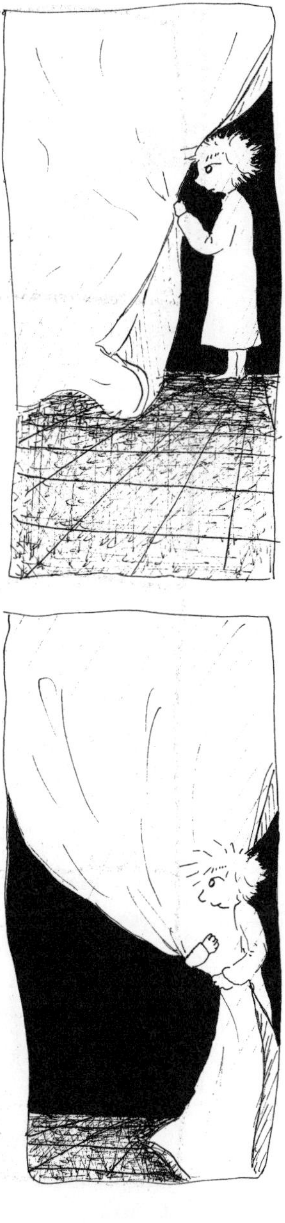

高盧淡煙

北非人開的小食店

在大嗓門的美國人旁邊

我們起勁地看著報紙

星期一的第一堂課。
坐在教室裡的唯烈一反常態沒精打采。昨晚上床後一直睡不好，半夜起來煮了茶又寫了幾張明信片。班上同學因年齡相近早就打成一片，老師到來之前大夥東扯西聊好不愉快，通常她是最愛講話的那一個，可是，唉，今天……

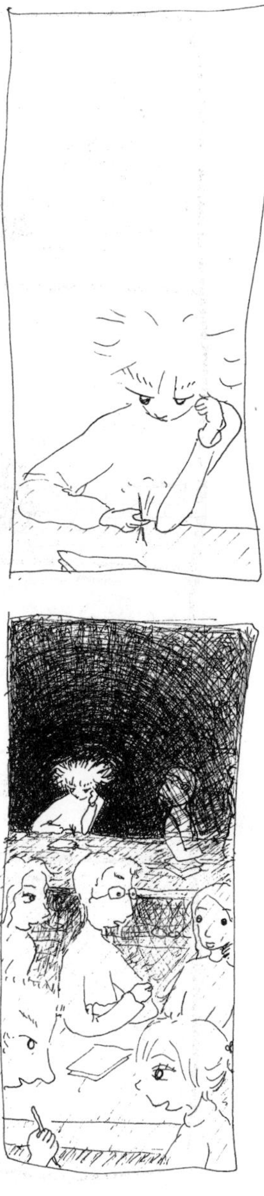

突然收到
7年前在 F 國遺失的一
捲底片

沖洗出來發現
風景完全不是想像中的模樣

記憶已經被顛覆

從此不再相信鏡頭
也不再相信眼睛

「日安！」咦？好熟的聲音⋯

是他！他竟然出現在門口，而且，還一屁股坐在她旁邊的位子！

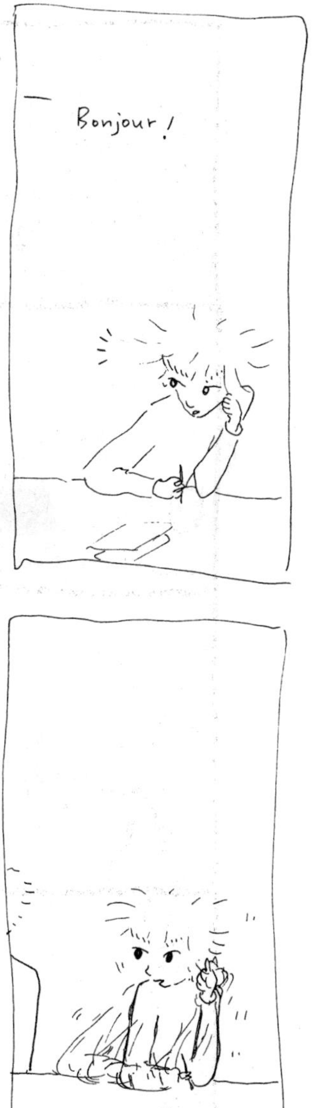

從頭開始

我們一直都在從頭開始

起床
睜眼
呼吸

離開你
看見你

「你怎麼會在這裡？」唯烈難掩高興，大叫一聲！同學們都轉過頭來。

「嘿！小聲點，我在這裡不行嗎？」想不到藍眼睛也有頑皮的一面！

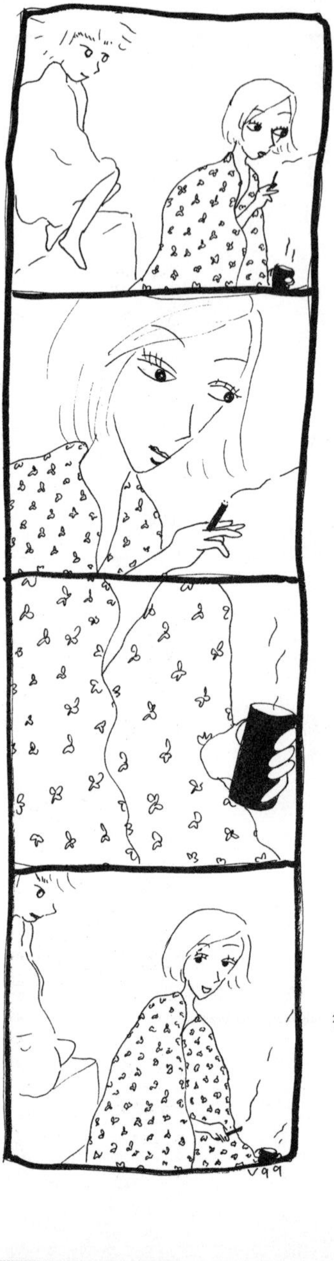

後來
我真的住到海邊

一棟小小的白色房子
一條狗
一輛吉普車

後來我想念健身中心和電影院

後來我就回來了

Où est votre cahier? Monsieur?

「你不是，在高階B班？」她壓住驚喜。（難道她昨晚的願望真的實現了？）

「對，直到剛才我還在高階B班。但現在我決定選你們班的文法課，看起來你們的程度比較適合我。」

「還有，你們的文法老師比較漂亮！」他眨眨眼。

哦？

下雨天我需要的是

一種排汗又防水的

雨衣

不是你

秋天的D城美極了。

路旁的梧桐全都轉紅，風吹起滿地的落葉像一道道火焰，撩撥焚灼著無數年輕靈魂。

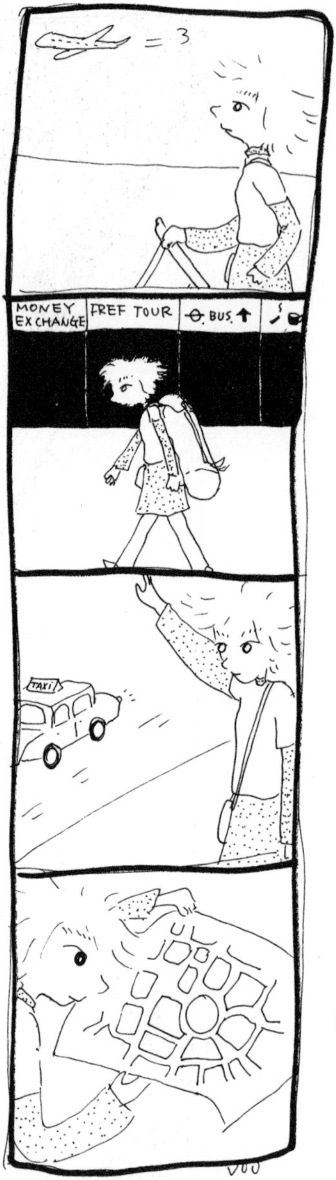

明知你不在這裡

我還申請過境

明知你過站不停

我還是走一遍你走過的風景

唯烈在台灣有個要好的男友。
她深愛著他，
可他近來的冷淡讓她無所適從，寫信不回，打電話不在家。只有在她生日過了的那個禮拜，
才收到他寄來的第一封，不，一張薄薄的只有短短四行字的郵局傳真。
郵局傳真？
唯烈真想大哭一場。

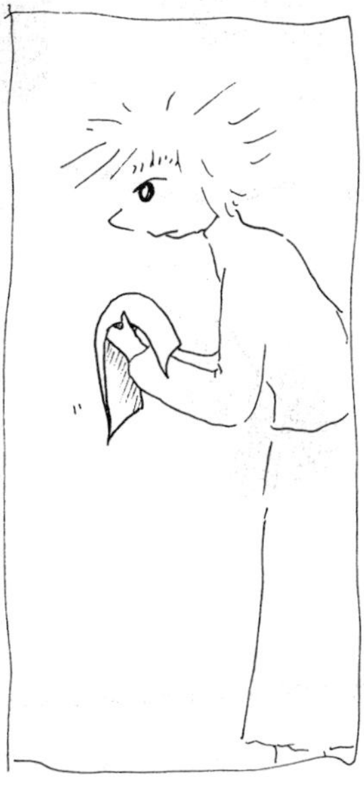

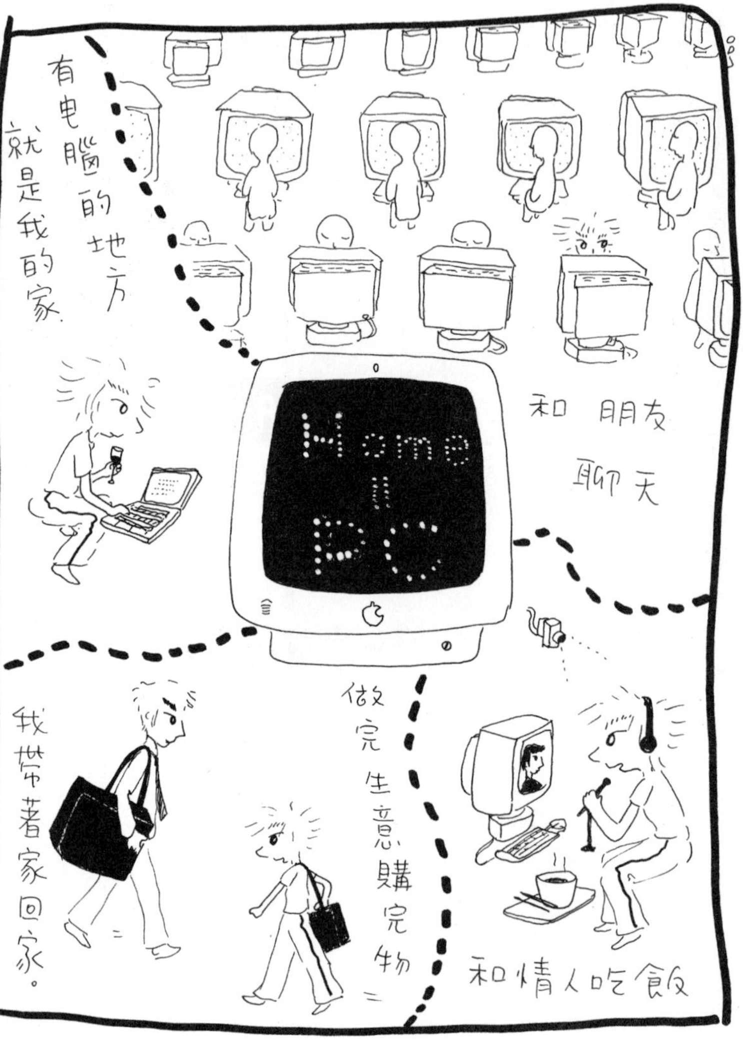
有电腦的地方
就是我的家.
Home
PC
和朋友
聊天
我帶著家回家。
做完生意購完物
和情人吃飯

爬山的人把家背在身上
I used to think
MOUNTAIN
一等三角点
IS MY HOME
爬得愈高,背得愈重;
走得愈遠、愈想回家。
I want to
go home!
同伴就是家人
下山之後,有人分手,有人
斷交,有人變成一家人.

你寄來一些照片

「放棄和決定都沒有用」
你說

「看來只有努力把日子
過得精采」
你又說

你說得很對
但我只生氣一件事
為何照片裡沒有我

嘈雜的大食堂裡學生們圍著12人座的長條桌等待陸續到來的人坐滿了好一齊開動。粗手粗腳的工作人員把一道道大鍋菜丟到桌上，然後不同科系不同國家不同城市的年輕人面無表情地向彼此說：「祝您有好胃口！」

苦讀的我
是個奇怪的我

背誦自己不認為有趣的東西

苦戀的我
是個奇怪的我

沉溺在自己不認為有趣
的事情裡

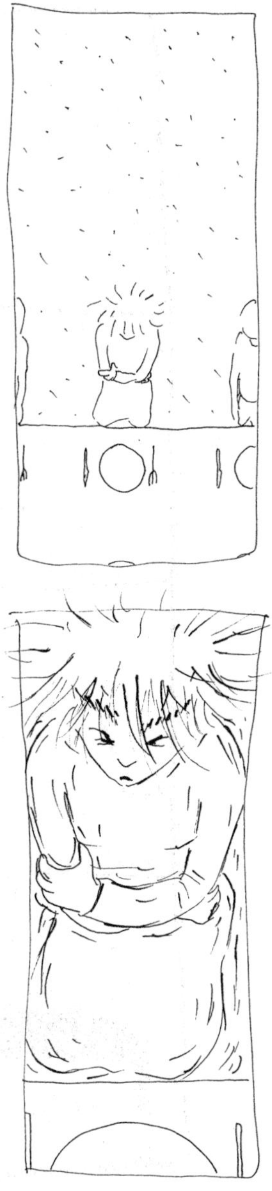

唯烈胃痛。

那張薄薄的傳真紙被她揣在口袋裡，彷若變成一隻怪獸，撕咬著她的身體無一刻放鬆。

她一向極愛的學生餐廳，那如「人民公社」般的市井況味此時卻變成冷清可怖的牙醫診所。

唯烈坐在那裡無法動彈，像被麻醉，鉛般凝重。

我知道你不是
萬能的

不能給我溫暖的懷抱

不能給我安飽

可是沒有你實在無聊

「怎麼了？」
是那不疾不徐的聲音。

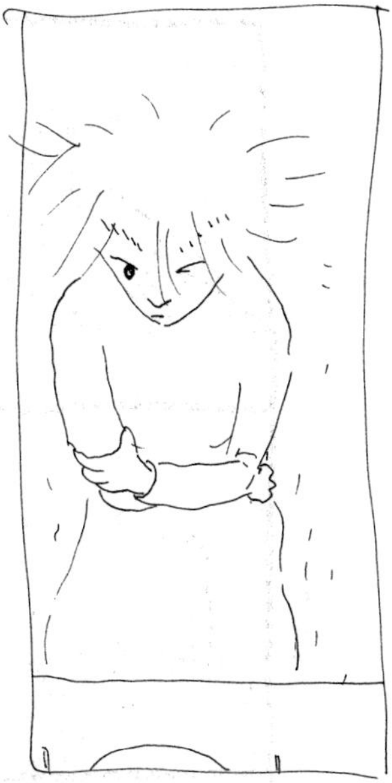

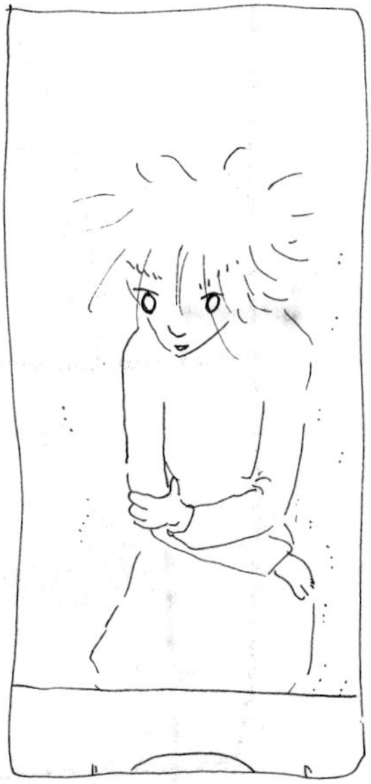

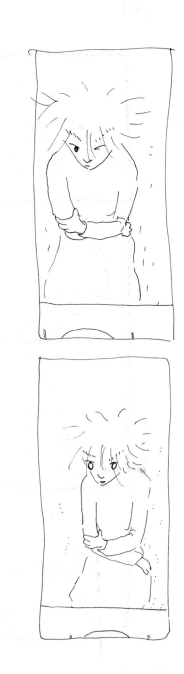

用滑鼠的和拿筆的手

是同一隻手

和她在一起的你
和跟我在一起的你

是不是同一個你?

他總是這樣出現。
像在幽暗的森林走了很遠，幾乎以為迷路了，幾乎以為再也走不出去了，就在幾乎要放棄的時候，
一道光芒從樹梢流洩，隨之眼前豁然開朗，接著就看見一大片翠綠的草原……

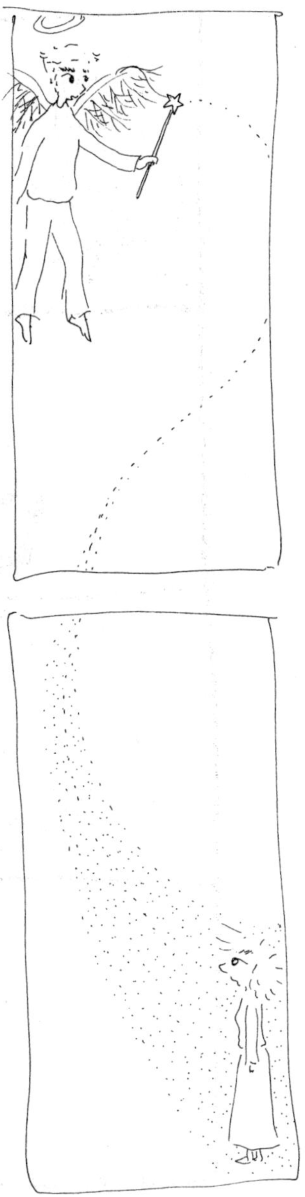

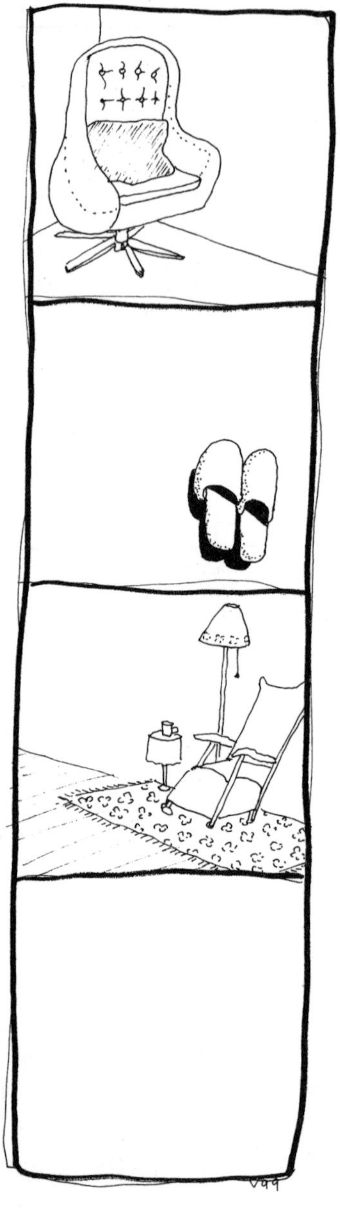

你最愛的椅子

你最愛的拖鞋

你最愛的角落

你最愛的音樂

「要不要出去走走？」他注意到不對勁了，拍拍她的肩。

唯烈顧不得狼狽，猛地起身抓了背包便向外衝。

出得門外，站在銀灰的街燈下，一陣冷風吹來，才讓她積屯許久的情緒流竄奔騰。

這是我現在的眼睛

這是我現在的鼻子

這是我現在的嘴巴

這是我現在的手指
（給 7 年前遺棄我的 H ）

他安靜地陪著，任她哭。

此刻，台灣的家人和朋友都在做什麼？這個陌生人在身旁看著我哭又代表了什麼？

唯烈的腦子漸漸不聽使喚。

西班牙人的下巴
和眼神

德國人的樸素
和專注

英國人的三八
和台灣人的粗神經…

以上是我的擇偶條件

接過他的手帕，她才開始不好意思起來。

「耶，唯烈你很可怕喔，你抓著一把刀想要殺誰？」藍眼睛突然蹦出一句。

殺誰？她低頭一看，原來剛才吃飯的餐刀還緊緊握在手裡。

「擁有一個不會上床的
朋友真好」

我想我不盼望你也對我
說同樣的話

雖然身體曾經那樣地渴求

可是看見你的浴室
我又打消了那樣的念頭

「討厭，不是啦！」唯烈打了他一記，又忍不住大笑起來。

中秋澄黃的月光溫柔地關照著這兩顆異國寂寞的心。

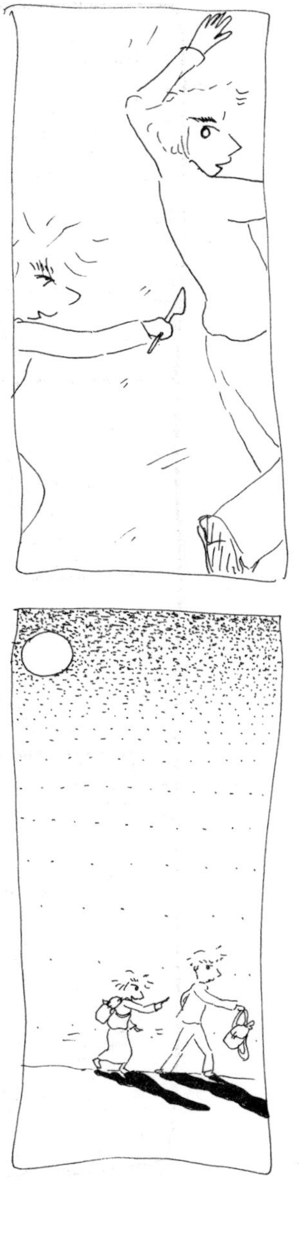

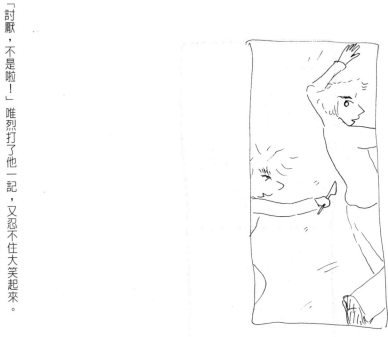

有一天他會不會就這樣
消失？

有一天他會不會突然開
口問？

有一天他和她會不會？

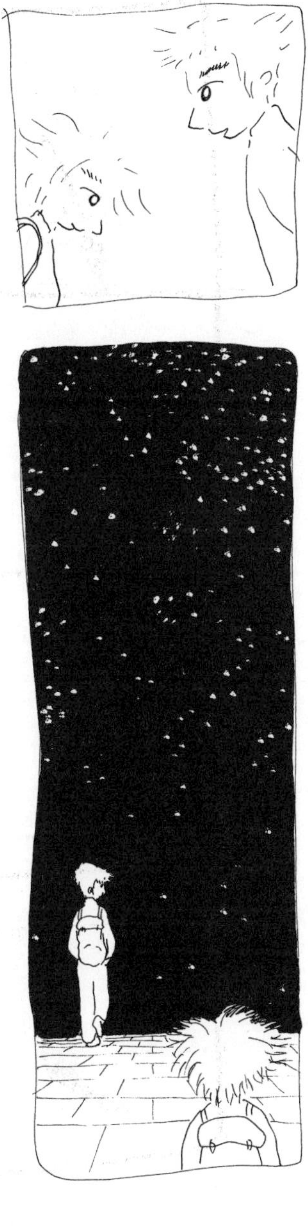

「走，我請你去PUB喝一杯，搞不好又會遇到那個老是喝醉的瘋子歷史教授。然後我們可以和他合唱一曲！」

唯烈跟著他走在石板路上，猛抬頭突然發現，在他高大的身影後，有著滿天滿天的星星。

無聊是很重要的

因為你知道

沒有事會發生

無聊使人安心

深秋。

新鮮的葡萄酒出籠，核桃也剛好熟透。

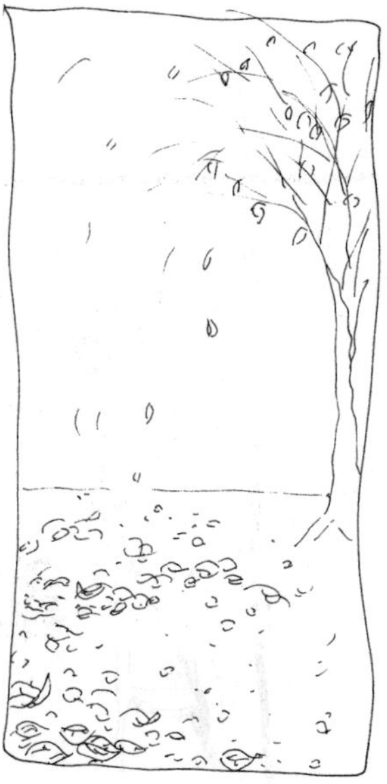

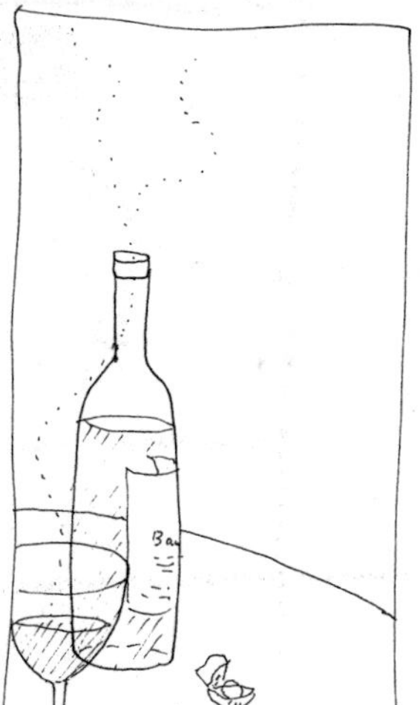

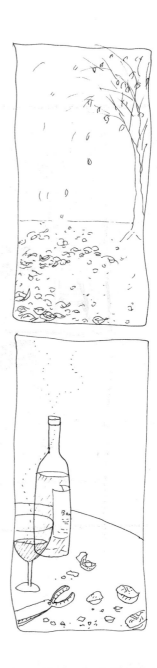

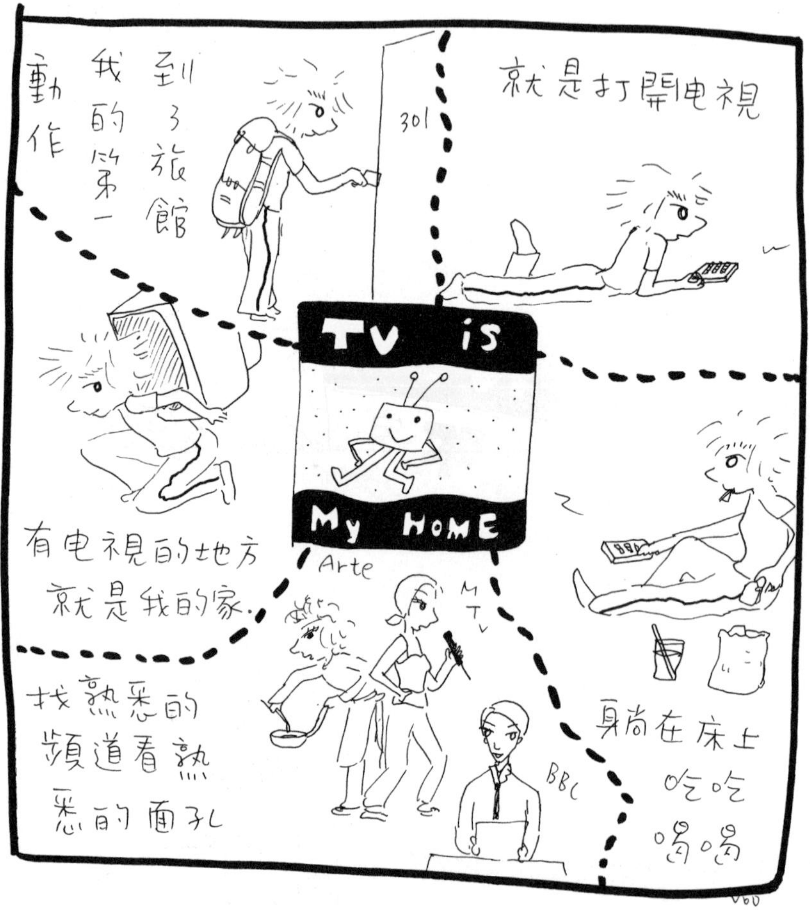
到了旅館
我的第一
動作
就是打開电視
301
TV is
My HOME
有电視的地方
就是我的家.
Arte
MTV
BBC
找熟悉的
頻道看熟
悉的面孔
躺在床上
吃吃
喝喝

蟑螂屋不是蟑螂的家
守衛室不是守衛的家
老人之家不是老人的家
NO
是不家
HOME
娘家也不是媽々的家
流浪狗之家不是流浪狗的家
未婚媽々之家不是未婚媽々的家

住過龍潭的花蓮軍用品老闆

緊張地
鄙視地
不耐地
應付著

腰繫山刀的卑南族男人

我無法不悲憐起
那個在維也納的自己

自此……

偶爾他會來敲她的門，問她要不要一起去超市買菜或去洗衣店。

偶爾她會去敲他的門，問他要不要和大夥一起霸佔廚房，煮一頓結實的聯合國大餐。

我終於可以看到

隧道出口的亮光

但我不確定

這是不是我要走的那個隧道

偶爾他會在門口留一張紙條，上面寫著「日安唯烈。散步？待會兒？」

偶爾她經過宿舍接待室旁娛樂間，會停下來充當一下記分小姐——他和308室韓國神父的世紀乒乓大對決。

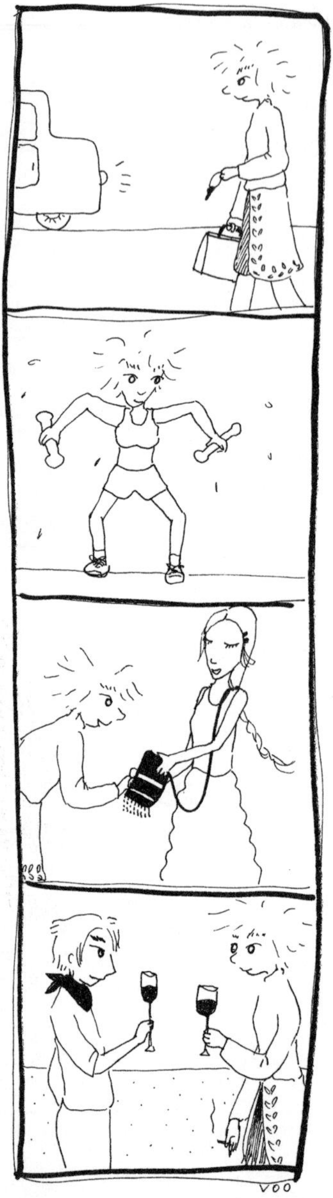

學會一個人開車
一個人過

學會一技之長
學會健康

學會稱讚別人
學會自賞

學會量入為出
學會慷慨

漸漸地，在踏進文法課教室前她總要聽見他低沈的嗓音才安心展開書頁。

漸漸地，在上床前他總要確定她房間的燈已完全熄滅，他才安心蓋上被子。

人們在喪禮上哭

是因為他們知道
有一天生命會結束

人們在婚禮上笑

是因為他們知道
有一天愛情會結束

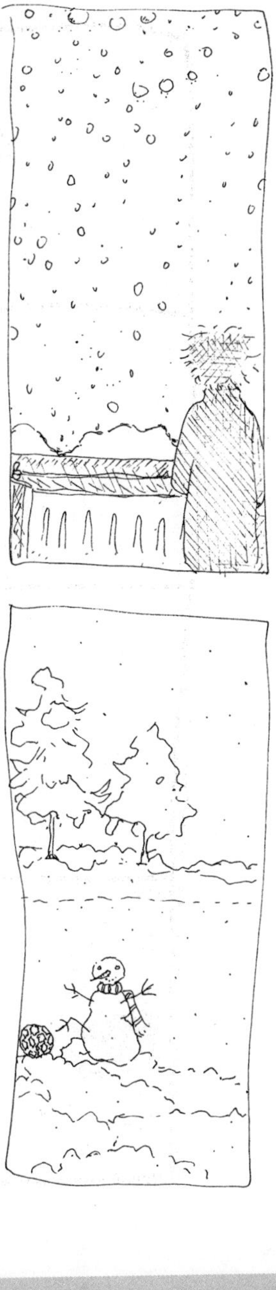

冬天。

期中考即將來臨。

窗外的積雪愈來愈厚，松鼠都冬眠去了，宿舍的大草坪也看不見那批身著鮮豔球衣球褲、長襪球鞋，

自以為是代表各國參加世界盃足球賽的健壯男人們。

「21世紀不再需要
藝術家」

「21世紀不再需要古典」

「21世紀不再需要道德
與忠誠…」

我不需要21世紀

唯烈收起玩心，同學們相約去滑冰、打保齡球、打彈子、看電影、混PUB，她一概回絕。
該是振作的時候了。

「你要不要小孩？」

「小孩的性別重要嗎？」

「你會如何管教小孩？」

對不起
我想你找錯人了

熬夜苦讀的夜晚，唯烈在公共廚房煮速食湯。
總忍不住想他會不會剛好也餓了？
他會不會剛好也來煮著一壺咖啡，配上一片維也納千層酥？

我想我適合團體生活

不用頭腦
一個口令一個動作

有限的競爭範圍
看得見的競爭對手

我想我適合在生產線上工作

有時會發現他用完的刀叉、盤子、鍋具洗乾淨晾在一旁，料理台打理得清爽，讓她不由得不讚嘆他謹律的生活作息。有時他偏偏又懶得洗，一堆東西還留在窗邊的小几，又讓她覺得他是純淨的小孩，沒有一絲造作。

這些什物彷彿是他形體的一部分，在酷寒，只有時鐘滴答聲的K書冬夜，如親人般照拂她。

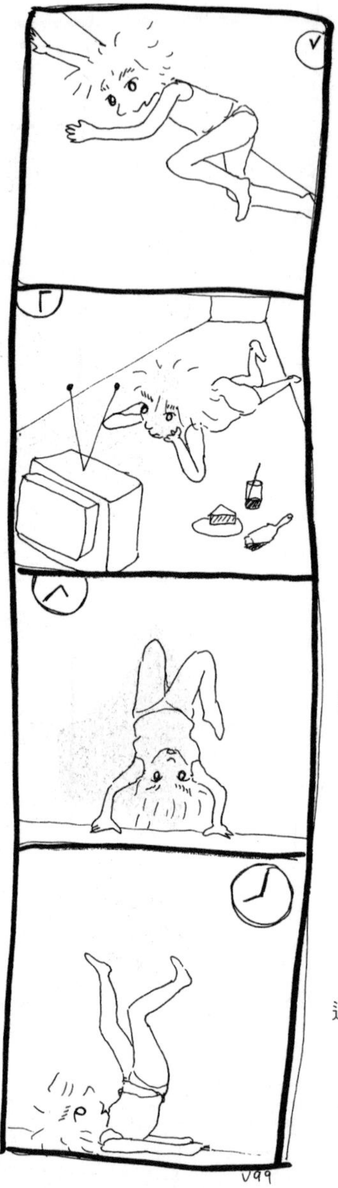

我的一天

就是

這樣

過的…

考前最後一堂文法課。

彼已經連續二個星期沒出現。

下課後，唯烈匆匆回宿舍敲他的門。該不會生病了吧？

她想。

一分鐘。

門後出現一張女孩的臉，睡眼惺忪，「請問有何貴幹？」女孩說的是英文，不是法文。

「喔，我是彼的同學，今天上課他沒到，過來看看他怎麼了……」唯烈的震驚大過不好意思。

「喔，他去買東西一下就回來。」女孩的旅行袋攤在房間中央，私人用品散置一地。

顯然是他說過的奧地利女友？唯烈注意到那女孩也在仔細打量她。

「好，謝謝，再見！」唯烈邁向樓梯口，一時舉步維艱竟忘了這是宿舍A還是B還是C，是三樓還是四樓……

咖啡館的淡棕色液體

市街的緊急煞車

雜貨店的大減價

一年的第一天就這麼開始

是的，這就是最近他不出現的原因。

唯烈懊惱自己的一廂情願，以為這個人真是自己最親的人。可是為什麼他完全沒提她要來的事？

他為何沒來上課？是不是不考了？他為何不把困擾告訴我？他和她很好嗎？她為何現在來D城？

幾十個問號在唯烈腦海裡盤旋，弄得她一整天廢寢忘食，書一頁都沒唸。熬到半夜她下決心不能再多想，

連到廚房煮茶都換到宿舍另一邊。

打開書本前她寫了紙條貼在房門外：「請勿打擾」。

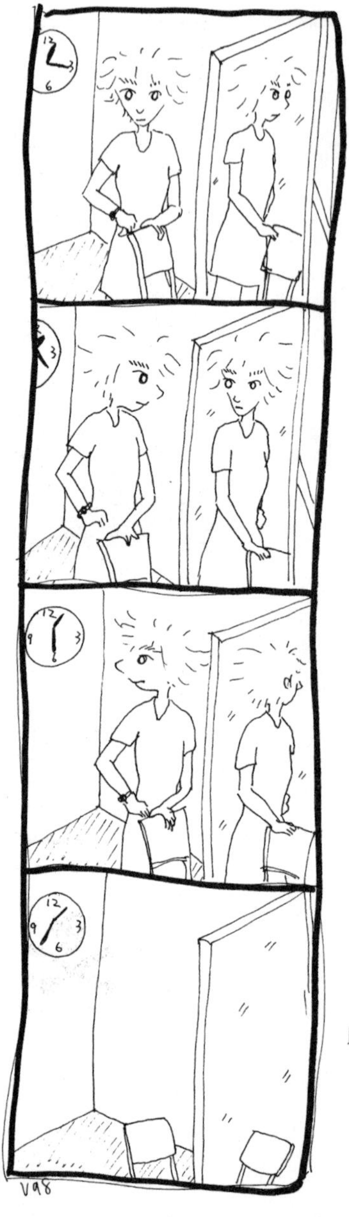

我沒有選過總統

也沒選過省縣市鄉鎮長

和省縣市鄉鎮議員

以上是我的告白

考試結束。
假期來臨。

有便利商店
的地方就是
我的家
7-11
OK
F-MAKT
Folkner
欢迎光臨!
CONVENIENT
OPEN
24
HR
HOME
一樣的制服
一樣的擺設
一樣的招呼
一樣的商品
但便利已經
讓我上癮
曾經以為
我可以隨時
離開這裡

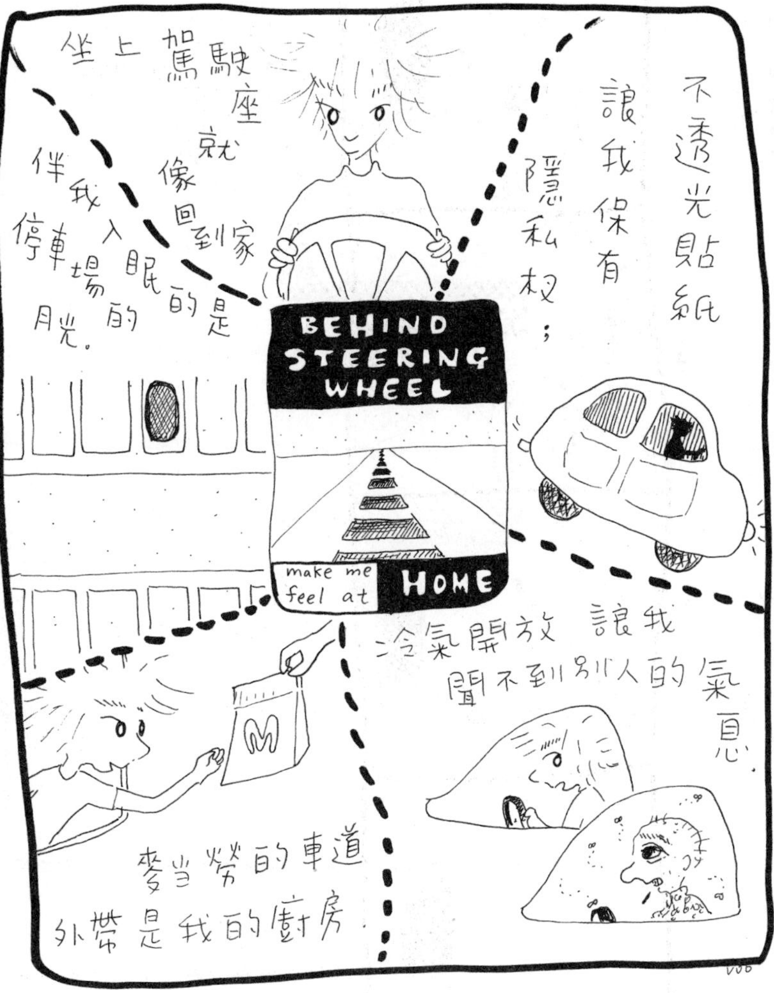
坐上駕駛座就像回到家
伴我入眠的是停車場的月光。
不透光貼紙讓我保有隱私权；
BEHIND STEERING WHEEL
make me feel at HOME
冷氣開放 讓我聞不到別人的氣息.
麥当勞的車道
外帶是我的廚房.

日蝕來了
我們在電視前慶祝日蝕

動物園的動物飽受驚嚇

遊客們走出隧道後還是
漆黑一片

日蝕走了
我們繼續觀賞這不完美的世界

「嘿，唯烈好久不見！」彼看起來很不一樣。「考得如何？」他和一群講德語的人耗在圖書館前，
似乎談到什麼好笑的事，興高采烈。
（他怎麼可以如此釋懷、如此正常？這麼久都沒聯絡了……）
「耶誕節你要去哪？」他問。好不容易穿過伙伴的嬉鬧挨到她身邊。

「我對人的溫暖氣味印象
模糊」

「那是因為你對自己的
愛不見了」

「可是只要忘了去想
愛就會出現」

「那是存在的恩賜」

「打算買到霞夢尼的火車票，想去阿爾卑斯滑雪。」她答。

他原本想問她要不要一起去維也納。可是她好像已經做了決定。

「那你呢？」

「我打算和另外一個奧地利人開車回鄉過節……」他答。

她原本也想問他要不要一起去滑雪，可是怎麼可能，他有家人在等著他呢。

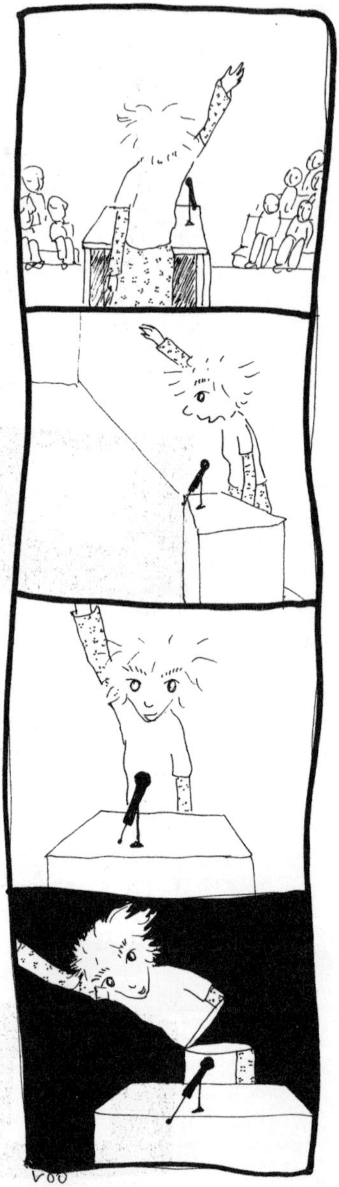

站上講台
一小部分的我就擴張起來

其實那部分的我也是
真實的

以致於真實到我的觀衆

也不相信是真的

「喔。這樣呀，那麼…」彼好像有話要說。

「那麼？那麼什麼？」死黨們簇擁吆喝著要喝酒慶祝，身邊有人已經等不及先打開自己帶的紅白酒猛灌，接著輪流傳給其他人。唯烈已經答應要去了，可是該死的彼還不說話……

「走了啦！要錯過美麗的人生了！」有人大嚷。

看情形她只有故作瀟灑地說：「那麼祝你在維也納有段好時光，還有，耶誕節快樂！」

「耶誕節快樂！」衆人聽到唯烈說這句話全都興奮起來跟著大喊，像是沈浸在被施咒的魔術世界裡。

「耶誕快樂！你也一樣唯烈……」

有一天我的手臂
突然有了自己的意識

不再受我的管轄
擁有自己的肌血神經

想舉起就舉起
想生病就生病

我覺得能和他們和平
共處是我的運氣

彼不清楚唯烈有沒有聽見。

他只能站在朋友身旁，看著她和一掛人勾肩搭背，唱唱鬧鬧、踢踢踏踏地消失在中世紀的古老巷子裡。

如果植物也有感情

那麼
那年夏天枯萎的黃金葛

瀕死前發出的聲音
是什麼？

還有臥室裡的檸檬草
在窺視什麼？

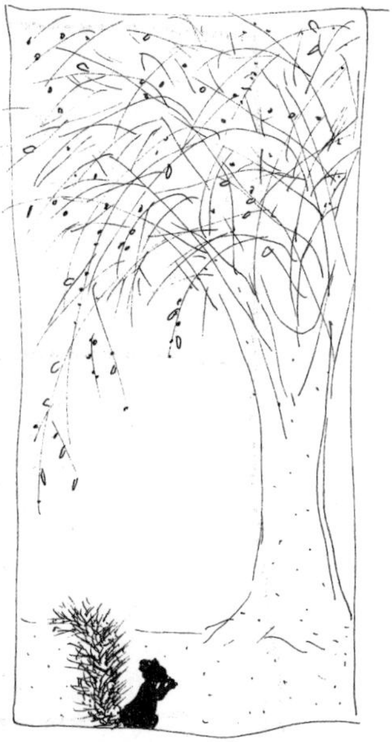

春天來了。

光禿禿的樹枝冒出新芽；冬眠醒來的松鼠也出來覓食；街上的鏟雪車忙碌地清除溶雪；

咖啡店旁的雜貨店也把攤子架出來；麵包店的老闆娘終於可以換上她的花綢裙……

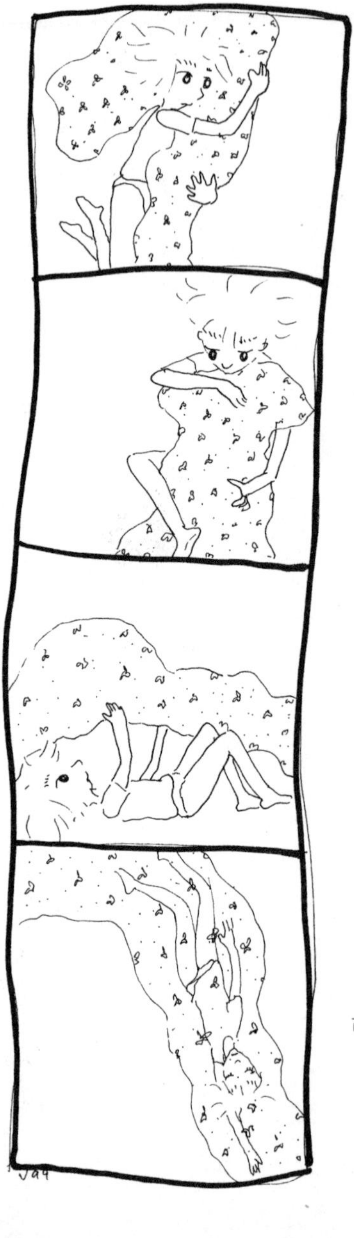

我可不可以

可不可以不要放暑假

可不可以不要留在
空盪的家

可不可以

唯烈的法文已經流利到可以和健身房的管理員抬槓，和二手店的人討價還價，參加不同社團活動，學會煮各國小食，唱法國聖歌，知道那個電台ＤＪ最酷，趕電影、趕地下表演工廠party，還有知道如何禮貌地婉拒公園裡熱情男子的邀約。甚至到後來，連夢中的對話都沒有出現過中文。

可是呀可是，唯烈多麼希望用她更高一級、更細緻的法文對那雙美麗的藍眼睛說話？

這個城市充滿了問答句

「你好嗎？
我很好。
對不起。
沒關係。」

「再見。再見。」

害我漸漸也習慣對自己說
「請慢用。謝謝。」

然而課程就要結束。
學生們已經忙著舉辦各式Party和惜別宴。
唯烈回到宿舍看著日曆上的那個紅圈圈，再過一夜，再過一夜我就要走了。
門後的地板上躺著幾張邀請卡「南美salsa嘉年華之夜」、「台灣人水餃之夜」、「地中海橄欖油乳酪之夜」、「中東水煙薄荷茶之夜」……全是好心朋友的熱情邀約。

跑吧
跑吧

我七歲的受傷的心

我現在的身軀靠近你

帶你走

還有一封藍色的信。
她的心震了一下。
彷彿隔了一世紀，她在山谷裡發出的絕望呼喊終於收到回音。
裡頭只有七個字：
「我。有。話。要。告。訴。你。」

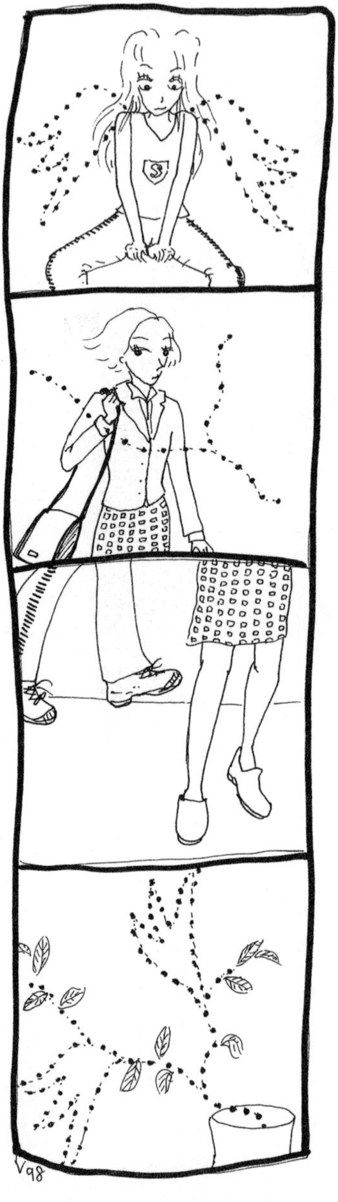

暴力的X
離開和平的Y

和平的Y
離開暴力的X

X離開暴力
Y離開和平

和平找到暴力
暴力找到和平

在城裡一個家庭式餐廳，他們面對面坐著，隔著燭光的海。

「我想，該是告訴你有關我的故事的時候了……」彼已喝了三杯Sauvignon。空氣中有著白蘭地冰淇淋薄餅的甜味和D城特產芥末的辛辣味。

你能不能在眾人面前
大聲唸出我的名字？

你能不能在畢業紀念冊裡
一眼挑出我的照片？

你能不能在汪洋大海中
分辨出我泳衣的顏色？

你能不能在大難來臨時
緊握我的手？

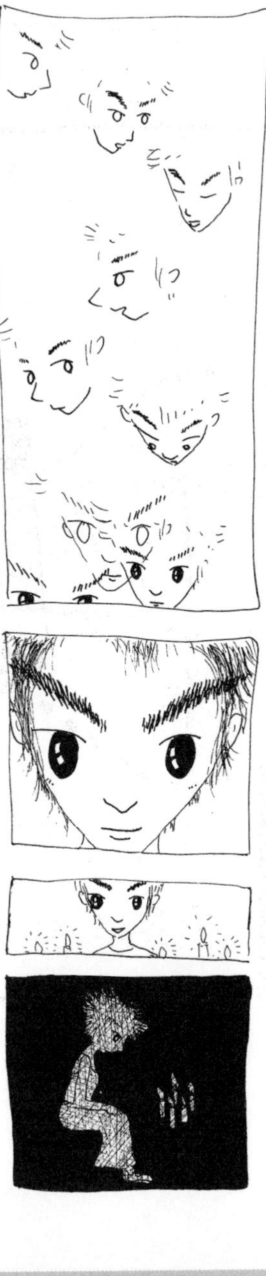

「耶誕節，我和她，我女朋友，在維也納分手了。」他說。

分手？

「那…那個說英語的女孩？」

「對，就是她。分手之後她又從維也納來找我，試圖挽回什麼…」彼艱難地回溯。

天哪！那段時光我們竟然都分別沉浸在各自的思緒裡，他那麼苦的時候我竟沒陪他度過…唯烈後悔莫及。

「可是……一切都已經結束。她昨天回家了。」他的臉上有一絲掙扎後的疲憊，但同時又好像洋溢著新生的光輝……

「你知道，」他盯著她，「是為了什麼？」他的熱切使得眼珠的藍瑰彩萬變，

似乎一下紫，一下湛綠，一下又變回透明的藍……

她知道那答案。

她知道。

這一秒她不敢呼吸。只是心跳加速，眼光定在那排跳躍明燦的火。

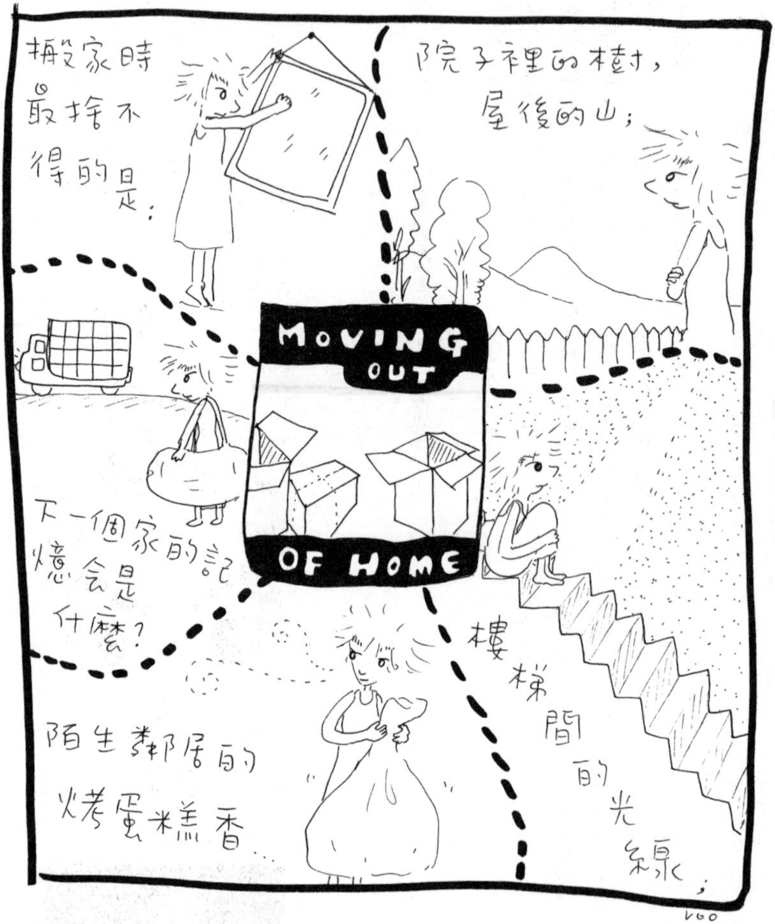
MOVING OUT OF HOME
搬家時最捨不得的是：
院子裡的樹，屋後的山；
樓梯間的光線；
陌生鄰居的烤蛋糕香……
下一個家的記憶会是什麼？

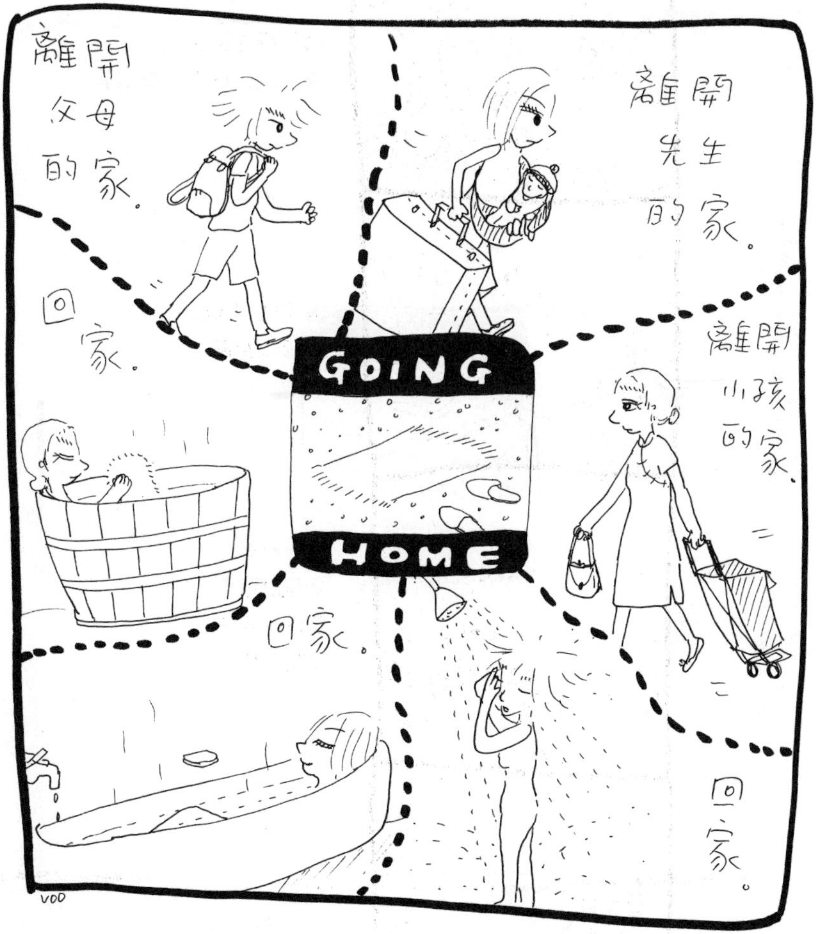
離開父母的家。
離開先生的家。
離開小孩的家。
回家。
回家。
回家。
GOING
HOME
VOO

我最嚮往的生活
是一個人住在大廈頂端

餓了就叫pizza
無聊就看電視

沒有電話
沒有掛號信
沒有水電工
沒有鄰居

我會寫很多信
告訴我的朋友我想念你

「……」
「因為你。」他如此輕聲。

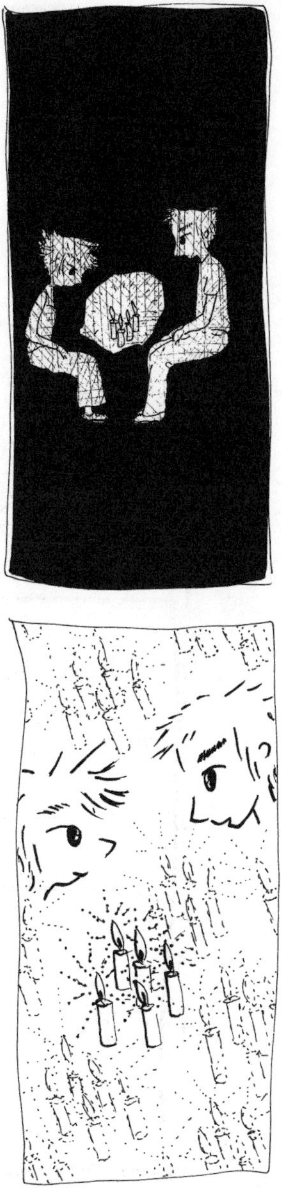

「手指發冷，今天不是冬至」

「阿里山上的梅樹開了」

「我沒有和情人一起來」

旅館裡三夾板牆上某某留言

「其實，早在那個黃昏，那片田野，看見你一個人，那種專注又輕鬆、完全沈浸在自己內在的模樣，我就⋯⋯」
他的眼神蕩漾。
那片田野？那個黃昏？

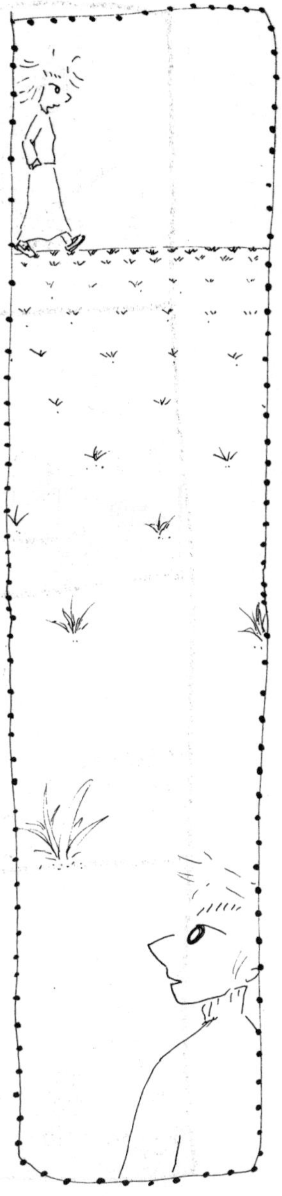

想念你做的菜

想念你煮的咖啡

想念你放的音樂

想念你破爛的金龜車

「可是你跟我說你還沒忘記你台灣的男友，所以我一直沒對你說。還有我自己的問題，沒當面跟我女朋友解釋清楚，總覺得立場不夠……再加上你沒有在歐洲繼續留下來的念頭，我……」他愈說愈急，臉頰比眼前的酒還紅，「可是，如果我再不說，就…」

你帶著我穿越深山的獵徑

櫸木是我們短暫旅程的
唯一見證

這個下午何其歡喜

但此刻畢竟是我們的終點

「就來不及了？」唯烈終於開口。

他點頭。

「我也有話對你說…」

她拿出一封信。

「這封信本來是想寄到維也納的，可是一直沒寄……現在終於可以給你了。」

你的心在她身上我知道

可是我無法不愛你

你從來沒注意過我
我知道

可是我無法不親近你

彼打開信封。
信是這樣開頭的：

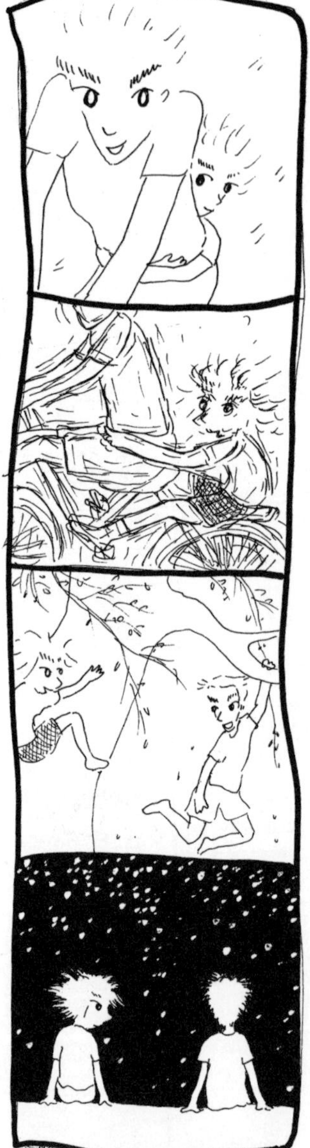

雙手放掉的腳踏車

我在後座替你踏板

甘蔗田旁的小路乍見你
的童心

親愛的 X
為什麼我們不能
常常像這樣在一起？

親愛的彼，
其實早在那個黃昏，那片田野，看見你藍色眼睛的那一剎那，我就……

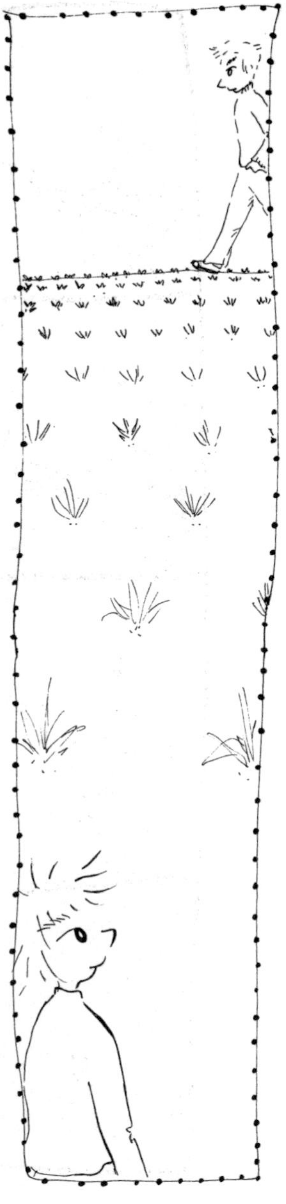

已經忘了

和你齊聲合奏的滋味

忘了曾經那麼不依賴語言

忘了曾經是我那麼勇敢地
說再見

「你就……？」那雙藍色眼睛極豔媚，金亮赤紅數不盡的燭光在那豔媚裡也被逼為倒影。

「嗯……我就……」唯烈在那倒影裡清楚看見自己的黑眼睛，被融為岩漿的黑眼睛。

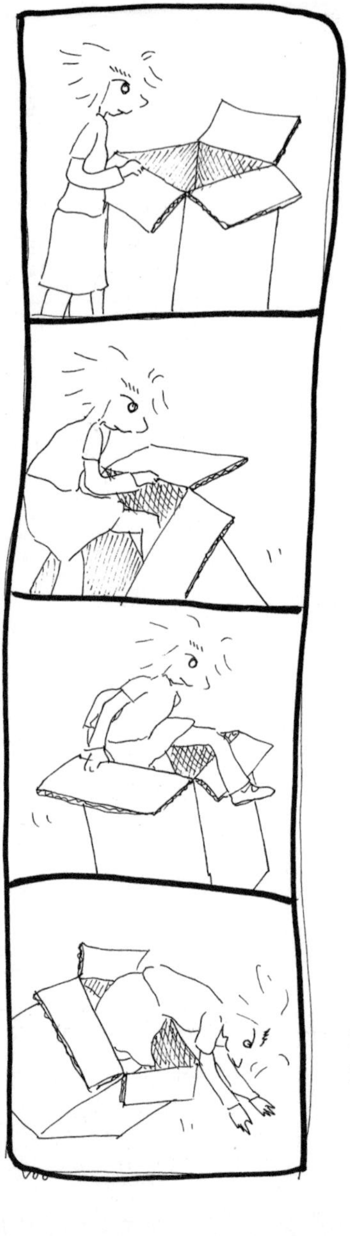

想把自己裝進箱子裡

快遞給你

你還會不會在那個地址？

簽收的人會不會是你的
愛人？

……
……
「喜歡你。」

「嗨
好久不見」

「如果你要找從前的我那很抱歉
我已經不是那個人了」

「嗨
好久不見」

「如果你還在等那很抱歉
我已經不是從前的那個人了」

「我以為……」以為她還對前男友難以忘情。
「我也以為……」也以為他對前女友難以忘情。
為什麼？為什麼是這樣？為什麼他們如此小心翼翼，不敢在這個驕傲的城市互相開放，交出彼此的心？
又為什麼是現在？明天她就要離去……
她必須回去。開始工作，開始面對新的生活。
他則決定留下來，再花一學期的時間把法文學得更好，以便有更充分的準備面臨將來的福禍。

在門後等你⋯

等你的腳步愈來愈近⋯

接著你的鑰匙環響起⋯

然後是我心跳的聲音！

最後幾個小時。

他們的每分每秒都是天堂。

有太多要說，太多要分享，有太多問題，太多探索……此時是激盪的、憂傷的、至福的、希望的、綺幻的、不可思議的……到後來似乎言語也不夠用，他們只能靜靜擁抱，笑了又哭，哭了又笑……

我討厭下雨

游泳池不開

傘又丟光了

最慘的是
要是淋濕了
沒有愛人幫我吹頭髮

天亮了。
是離開的時侯了。
他陪她打包，看她好好坐著吃完croissant和溫牛奶，再開車送她到火車站。
臨走前他遞給她一隻有藍色眼睛的玻璃魚。

我很高興
你是個會做菜的男人

我很高興
你愛惜自己

可我等著你上菜

等你
不輕易燃燒的熱情

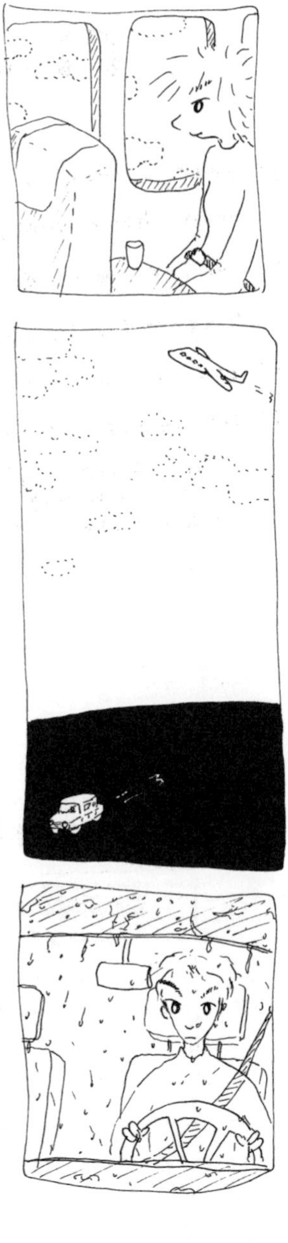

她一個人上飛機，機艙外的天空堆滿了極清極朗的藍色的雲。

他一個人開車回家，擋風玻璃上突然滴下透明的藍色的雨。

 music：陪我完稿的音樂：

1° your woman : white town
2° born slippy. nuxx, [nuxx mix] : underworld
3° tribute : asian dub foundation sound system
4° bizzare love triangle : new order
5° boys & girls : blur
6° let forever be : chemical brothers / noel gallagher
7° army of me (remix) : björk / graham massy
8° ...and more : westbam / can

國家圖書館出版品預行編目資料

關於孤獨，你知道的…／饒紫琴著 .－－初版.
－－臺北市：大塊文化，2001【民90】
面：　公分. －－（Catch ; 32）
ISBN 957-0316-67-5（平裝）

855　　　　90006364

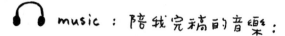

105 台北市南京東路四段25號11樓

廣 告 回 信
台灣北區郵政管理局登記證
北台字第10227號

大塊文化出版股份有限公司　收

地址：□□□ ＿＿＿＿＿市／縣＿＿＿＿＿鄉／鎮／市／區
＿＿＿＿＿路／街＿＿＿段＿＿＿巷＿＿＿弄＿＿＿號＿＿＿樓

姓名：

請沿虛線撕下後對折裝訂寄回，謝謝！

大塊 LOCUS 文化

編號：CA032　書名：關於孤獨，你知道的…

大塊 LOCUS 文化

讀者回函卡

謝謝您購買這本書，爲了加強對您的服務，請您詳細填寫本卡各欄，寄回大塊出版 (免附回郵) 即可不定期收到本公司最新的出版資訊。

姓名：________________________ **身分證字號**：________________________

住址：____

聯絡電話：(O)________________________ (H)________________________

出生日期：______年______月______日　E-mail: ________________________

學歷：1.□高中及高中以下　2.□專科與大學　3.□研究所以上

職業：1.□學生　2.□資訊業　3.□工　4.□商　5.□服務業　6.□軍警公教　7.□自由業及專業　8.□其他________

從何處得知本書：1.□逛書店　2.□報紙廣告　3.□雜誌廣告　4.□新聞報導　5.□親友介紹　6.□公車廣告　7.□廣播節目8.□書訊　9.□廣告信函　10.□其他____________

您購買過我們那些系列的書：

1.□Touch系列　2.□Mark系列　3.□Smile系列　4.□Catch系列　5.□PC Pink系列　6□tomorrow系列　7□sense系列　8□天才班系列

閱讀嗜好：

1.□財經　2.□企管　3.□心理　4.□勵志　5.□社會人文　6.□自然科學　7.□傳記　8.□音樂藝術　9.□文學　10.□保健　11.□漫畫　12.□其他_____

對我們的建議：____

____

____

LOCUS

LOCUS

LOCUS

LOCUS